AF494973

DISCOURS
PRONONCÉS
DANS L'ACADÉMIE FRANÇOISE,

Le Jeudi XIX Juillet M. DCC. LXXXI,

A LA RÉCEPTION

DE M. DE CHAMFORT,

SECRÉTAIRE DES COMMANDEMENTS

DE S. A. S. Mgr. LE PRINCE DE CONDÉ.

A PARIS,

Chez DEMONVILLE, Imprimeur-Libraire de l'Académie Françoise, rue Chriſtine, aux Armes de Dombes.

M. DCC. LXXXI.

M. DE CHAMFORT, ayant été élu par Meſſieurs de l'Académie Françoiſe, à la place de M. DE SAINTE-PALAYE, y vint prendre ſéance le Jeudi 19 Juillet 1781, & prononça le Diſcours qui ſuit.

MESSIEURS,

IL y a des bienfaits qui ne trouvent point d'ingrats, mais il eſt des bienfaiteurs qui craignent l'effuſion de la reconnoiſſance. Ce ſont ceux qui, raſſaſiés d'hommages, ne peuvent plus être honorés que par eux-mêmes, & c'eſt le terme où vous êtes parvenus. Auſſi ai-je cru m'apercevoir qu'après la variété non moins ingénieuſe qu'inépuiſable des remercîments qui vous ont été adreſſés, vous ſupprimeriez avec plaiſir ceux que l'avenir vous réſerve. Oui, MESSIEURS, vous remettriez généreuſement une dette qu'on vous paiera toujours avec tranſport, & dont il eſt ſi doux de s'acquitter.

Mais cet uſage, d'ailleurs ancien, rappelle des noms chers & précieux, & dès-lors il vous devient ſacré. Le tribut que vous négligeriez pour vous-mêmes, vous l'exigez pour ces grands noms. Vous le réclamez pour votre illuſtre Fondateur, ce Miniſtre qui, parmi ſes titres à l'immortalité, compte l'honneur d'avoir ſuffi à tant d'éloges qui la lui aſſurent. Vous le réclamez pour ce Chef célèbre de la Magiſtrature, dont la vie entière ſe partagea entre les Lois & les Lettres, & dont la gloire vous devient en quelque ſorte plus perſonnelle, en ſe reproduiſant ſous vos yeux, dans l'héritier de ſon nom & de ſes talents, qui le repréſente conſtamment parmi vous, & qui, dans cet inſtant, par un choix du ſort déclaré en ma faveur, vous repréſente encore vous-mêmes.

Enfin, Messieurs, un intérêt d'un ordre ſupérieur qui vous attache encore plus à cet uſage & vous le rend à jamais inviolable, c'eſt la mémoire de votre véritable bienfaiteur, de ce Monarque auguſte qu'on vous accuſe d'avoir trop loué, mais qui, pour votre juſtification, n'a pas été moins célébré par l'Europe entière; de ce Roi que la fidelle peinture de ſon ame, tracée de ſa main dans ſes Lettres, a rendu de nos jours plus cher à la Nation; monuments précieux, inconnus pendant ſa vie, échappés à l'éloge de ſes Contemporains, pour lui aſſurer la louange qui honore le plus les Rois, la louange qu'ils ne peuvent entendre.

Tels ſont, Messieurs, les devoirs reſpectables qui aſſurent la perpétuité d'un tribut dont le retour, plus fréquent depuis quelques années, a cependant pris entre vos mains un nouveau degré d'intérêt. C'eſt que l'éloge de ceux qui ont illuſtré la Littérature eſt devenu par vous l'inſtruction de ceux qui la cultivent; c'eſt que banniſſant toute exagération, & proportionnant la louange au mérite, vous saisissez dans chaque Ecrivain le caractère marqué, le trait juste & précis, les nuances principales qui le distinguent & qui déterminent sa place. Passionnés, comme il est juste, pour ce qui est unique ou du premier ordre, vous ne sollicitez plus l'admiration pour ce qui n'est qu'estimable, l'enthousiasme pour ce qui n'est qu'intéressant; & sans vous écarter de cette bienveillance indulgente, qui, pour vous, est souvent un plaisir, toujours un devoir, une convenance ou un sentiment, vous avez dessiné d'une main sûre les proportions & les contours d'une statue, d'un buste, d'un portrait: attention désormais indispensable, utile aux Lettres, utile même à la mémoire de ceux dont la place paroît moins brillante; car quiconque exagère n'a rien dit, & celui qu'on ne croit pas n'a point loué.

C'est ce que je n'ai point à craindre dans le tribut que je dois à la mémoire de M. de Sainte-Palaye. On peut le louer avec la simplicité, &, pour ainsi dire, la modestie qui fut l'ornement de son caractère. La vérité suffit à sa mémoire.

Lorsque l'Académicien que j'ai l'honneur de remplacer vint prendre séance parmi vous, il vous entretint du projet d'un Ouvrage utile ou plutôt nécessaire, qu'il regardoit comme son principal titre à vos suffrages; & du moins personne avant lui ne vous en avoit offert de plus analogue à l'objet de vos occupations habituelles. C'étoit le plan presqu'entièrement exécuté d'un Glossaire de notre ancien Idiôme, Ouvrage d'une étendue prodigieuse, dont les matériaux étoient déja mis en ordre, & que l'Auteur croyoit prêt à paroître (1): mais bientôt, en vivant parmi vous, Mes-

(1) Un homme d'un mérite connu, un Savant distingué, formé par M. de Sainte-Palaye lui-même, héritier de ses vues aussi bien que de ses manuscrits, continue ce Dictionnaire, dont le premier volume paroîtra l'hiver prochain.

SIEURS, il vit le premier les défauts de ſon plan, & en continuant d'y vivre, il en vit le remède. Il eut la ſageſſe de s'effrayer du grand nombre de volumes qu'il alloit offrir au Public. Il apprit de vous l'art de diſpoſer ſes idées, l'art d'abréger pour être clair, & de ſe borner pour être lu. Une ordonnance plus heureuſe bannit d'abord les inutilités, ſauva les redites, enrichit l'Ouvrage par ſes pertes, enfin ſut épargner au Lecteur le détail de tous les petits objets, en plaçant au milieu d'eux le flambeau qui les éclaire tous à la fois: heureux effets de l'eſprit philoſophique, qui, conduiſant l'érudition, réforme un vain luxe dont elle ſe fait trop ſouvent un beſoin, & change ſon faſte, quelquefois embarraſſant, en opulence commode & utile.

C'eſt donc à vous principalement, MESSIEURS, que le Public ſera redevable de la perfection d'un Ouvrage important qui deviendra la clef de notre ancienne Littérature, & qui met ſous les yeux l'hiſtoire de notre Langue, depuis ſon origine juſqu'au moment où cette hiſtoire devient la vôtre. On y verra un Idiôme barbare, aſſemblage groſſier des Idiômes de nos Provinces, ſe former lentement & par degrés preſqu'inſenſibles; lutter, pour ainſi dire, contre lui-même; indiquer l'accroiſſement & le progrès des idées nationales par les termes nouveaux, par les changements que ſubiſſent les anciens, par les tours, les figures, les métaphores qu'amènent ſucceſſivement les arts, les inventions nouvelles; enfin, par les conquêtes que notre Langue fait de ſiècle en ſiècle ſur les Langues étrangeres. On obſervera, non ſans ſurpriſe, le caractère primitif de la Nation, conſigné dans les éléments mêmes de ſon langage. On reconnoîtra le François défini en Europe, dès le huitième ſiècle, gai, brave & amoureux. On verra les idées meurtrières de duel, de guerre, de combats, aſſociées ſouvent dans la même expreſſion, aux idées de fêtes, de jeux, de paſſe-temps, de rendez-vous. Et quelle autre Nation que la nôtre eût déſigné, ſous le nom de la Joyeuſe, l'épée que Charlemagne rendit ſi redoutable à l'Europe?

Ce travail de M. de Sainte-Palaye, quelqu'immenſe qu'il puiſſe paroître, n'étoit toutefois qu'un démembrement d'une entrepriſe encore plus conſidérable, nouveau prodige de ſa conſtance & de ſa laborieuſe activité. C'étoit un Dictionnaire de nos Antiquités Françoiſes, où l'Auteur embraſſoit à la fois Géographie, Chronologie, Mœurs, Uſages, Légiſlation; Ouvrage au-deſſus des forces d'un ſeul homme, & que M. de Sainte-Palaye ne put conduire à ſa fin, mais dont les matériaux précieux ſont devenus, par les ſoins d'une Adminiſtration auſſi éclairée que bienfaiſante, une des richeſſes de la Bibliothèque du Roi. Il compoſe le même nombre de volumes qu'auroit formé ſans vous le Dictionnaire de l'ancienne Langue, quarante volumes in-folio. Je n'ai pu être à portée de les lire; mais qui peut méconnoître le mérite & le prix de ces ſavantes recherches? Qui ne voudroit meſurer, au moins des yeux, le champ nouveau qu'elles ouvrent à la Critique & à l'Hiſtoire? Et pourquoi faut-il que la Philoſophie, trop ſouvent intimidée à la vue de ces vaſtes dépôts, s'en écarte avec un reſpect mêlé de crainte, & s'abſtienne un peu trop ſcrupuleuſement des tréſors qu'ils renferment? Pourquoi faut-il que, ſatisfaite de quelques réſultats principaux qu'elle a rapidement ſaiſis, elle néglige une foule de vérités ſecondaires, qui, pour être d'un ordre inférieur, n'en feroient peut-être que d'un uſage plus habituel & plus étendu? Que n'oſe-t-elle, en réuniſſant ſous un même point de vue le double objet des travaux de M. de Sainte-Palaye, notre ancienne Langue & nos Antiquités, l'hiſtoire des faits & celle des mots, ſe placer entr'elles deux, les éclairer l'une par l'autre, & poſer un double fanal, l'un ſur les matériaux informes de notre ancien Idiôme, l'autre ſur l'amas non moins groſſier de nos premiers uſages. Là qu'elle s'arrête & qu'elle examine; elle verra, comme de deux ſources inépuiſables, ſe précipiter & deſcendre de ſiècle en ſiècle juſqu'à nous, le vice primitif de notre ancienne barbarie, dont elle pourra ſuivre de l'œil le décroiſſement, les teintes diverſes & les nuances variées dans toutes leurs dégradations ſucceſſives. Elle verra l'erreur, mère de l'erreur, entrer, comme élément, dans nos idées, par la Langue même & par les mots; le mal, auteur du mal, ſe perpétuer dans nos mœurs par nos idées; la perfection philoſophique du langage, auſſi impoſſible que la perfection morale de la ſociété: & la raiſon ſe convaincra que la langue philoſophique projetée par Leibnitz ne ſe ſeroit parlée, s'il eût pu la créer en effet, que dans la République imaginaire de Platon, ou dans la Diète Européenne de l'Abbé de Saint-Pierre.

Tels ſont les travaux, encore inconnus du Public, qui remplirent preſqu'entièrement la vie de M. de Sainte-Palaye. Mais il me ſemble, Messieurs, vous entendre me demander compte de l'Ouvrage auquel il dut ſa célébrité; de cet Ouvrage dont ſa préſence ou même ſon nom ſeul rappeloit conſtamment l'idée, je parle de ſes travaux ſur l'ancienne Chevalerie. Il en avoit fait l'objet de ſes études favorites. Ces mœurs brillantes & célèbres, ces hauts faits, ces aventures, ces tournois, ces fêtes galantes & guerrières, ces chiffres, ces deviſes, ces couleurs, préſents de la Beauté, parure d'une jeuneſſe militaire; ces amphithéâtres ornés de Princes, de Princeſſes; ces prix donnés à l'adreſſe ou au courage; ce ſecond prix plus recherché que le premier,

nommé

nommé prix de faveur, & décerné par les Dames quand le Chevalier leur étoit agréable ; ces jeunes perſonnes dont la naiſſance relevoit la beauté, ou plutôt dont la beauté relevoit la naiſſance, & qui ouvroient la fête en récitant des vers ; ces Dames qui d'un mot arrêtoient, à l'entrée de la lice, le diſcourtois Chevalier dont une ſeule avoit à ſe plaindre : ces idées, ces tableaux flattoient l'imagination de M. de Sainte-Palaye ; elles avoient été l'une des illuſions de ſon jeune âge, & elles ſourioient encore à ſa vieilleſſe. Il en parloit à ſes amis ; il en entretenoit les femmes, car il aimoit beaucoup leur ſociété. Il citoit fréquemment cette deviſe fameuſe, *toutes ſervir, toutes honorer, pour l'amour d'une*, & répétoit, d'après le célèbre Louis III de Bourbon, que tout l'honneur de ce monde vient des Dames. Il avouoit même que dans ſa conſtance infatigable à lire les Contes, Chanſons, Fabliaux du douzième & du treizième ſiècle, il avoit tiré un grand ſecours du plaiſir ſecret de s'occuper d'elles, genre d'intérêt qui contribue rarement à former des érudits ; ce fut ſans doute l'intérêt principal qui le ſoutint dans ſes recherches ſur notre ancienne Chevalerie.

L'Honneur & l'Amour, la deviſe des Chevaliers, c'eſt leur hiſtoire & celle de France. Mais comment traiter un tel ſujet ? L'honneur toujours ſérieux, l'amour ſérieux quelquefois, ſouvent trop peu, même jadis ! Pourrai-je accorder des tons trop différents, & peut-être oppoſés ? non, ſans doute. Faut-il les ſéparer ? faut-il choiſir ? Mais lequel abandonner ? L'honneur ? parmi vous, Messieurs, devant le Prince qui vous voit, qui m'écoute, & dont le nom ſeul rappelle aux François toutes les idées de l'honneur (1) !

(1) Son Alteſſe Séréniſſime Monſeigneur le Prince de Condé.

L'amour? qui l'oseroit, lorsque celles dont la présence eût honoré les tournois s'empressent d'assister à vos Assemblées? Que résoudre, quel parti prendre? Question embarrassante, épineuse, du nombre de celles qui s'agitoient autrefois dans ces Tribunaux appelés Cours d'Amour, où l'on portoit les cas de conscience de cette espèce. La Cour eût décidé, je crois, que l'ancienne Chevalerie ayant uni très-bien l'honneur & l'amour, je dois, quoi qu'il arrive, je dois, en parlant de l'ancienne Chevalerie, unir, bien ou mal, l'amour & l'honneur.

Etrange Institution, qui, se prêtant au caractère, aux goûts, aux penchants communs à tous ces Peuples du Nord, conquérants & déprédateurs de l'Europe, les passionna tous à-la-fois, en attachant à l'idée de Chevalerie l'idée de toutes les perfections du corps, de l'esprit & de l'ame, & en plaçant dans l'amour, dans l'amour seul, l'objet, le mobile & la récompense de toutes ces perfections réunies! Jamais Législation n'eut un effet plus prompt, plus rapide, plus général; c'est qu'elle armoit des hommes nés pour les armes, & qu'à l'exemple de la Religion nouvelle de Mahomet, elle offroit la Beauté pour récompense de la valeur. Mais, par un singulier renversement des idées naturelles, Mahomet mit les plus grands plaisirs de l'amour dans l'autre monde, & l'Instituteur de la Chevalerie offrit en ce monde à ses Prosélytes l'attrait d'un amour pur & intellectuel. Etoit-ce bien celui qui convenoit aux Vainqueurs des Romains & des Gaulois? oui, sans doute, si l'on considère le succès qu'obtint en Europe la théorie de ce système: mais cette opinion devient douteuse, quand on consulte l'Histoire & les faits; car, malgré cette loi du plus profond respect pour les Dames, on voit, par le nombre même de leurs Défenseurs, combien elles avoient d'agresseurs &

d'ennemis ; & il existe des chansons du douzième siècle, qui regrettent l'amour du bon vieux temps.

L'instant où naquit la Chevalerie dut la faire regarder comme un bienfait de la Divinité. C'étoit l'époque la plus effrayante de notre Histoire ; moment affreux, où, dans l'excès des maux, des désordres, des brigandages, fruits de l'anarchie féodale, une terreur universelle, plus encore que la superstition, faisoit attendre aux Peuples, de moment en moment, la fin du monde, dont ce chaos étoit l'image. Dans cet instant s'élève une Institution, qui, réunissant une nombreuse classe d'Hommes armés & puissants, les associe contre les Destructeurs de la Société générale, & les lie, entr'eux du moins, par tous les nœuds de la Politique, de la Morale & de la Religion, de la Religion même, dont elle empruntoit les rites les plus augustes, les emblêmes les plus sacrés, enfin tout ce saint appareil qui parle aux yeux, frappant ainsi à-la-fois l'ame, l'esprit & les sens, & s'emparant de l'homme par toutes ses facultés.

Sous ce point de vue, quoi de plus imposant, de plus respectable même que la Chevalerie ? Combattre, mourir, s'il le falloit, pour son Dieu, pour son Souverain, pour ses Frères d'armes, pour le service des Dames, car, dans l'Institution même, elles n'occupent, contre l'opinion commune, que la quatrième place, & le changement, soit abus, soit réforme, qui les mit immédiatement après Dieu, fut sans doute l'ouvrage des Chevaliers François ; enfin secourir les opprimés, les orphelins, les foibles, tel fut l'ordre des devoirs de tout Chevalier. Et que dire encore de cette autre idée si noble, si grande, ou créée ou adoptée par la Chevalerie, de cet honneur indépendant des Rois en leur vouant fidélité, de cet honneur, puissance du foible, trésor de l'homme dépouillé, de cet honneur, ce ſentiment de ſoi invincible, indomptable dès qu'il exiſte, ſacré dès qu'il ſe montre, ſeul arbitre dans ſa cauſe, ſeul juge de lui-même, & du moins ne relevant que du Ciel & de l'opinion publique ? Idée ſublime, digne d'un autre ſiècle, digne de naître dans un temps où la Nature Humaine eût mérité cet hommage, où l'opinion publique eût pris des mains de la Morale, ſous les yeux de la Vertu & de la Raiſon, les traits qui devoient compoſer le pur, le véritable honneur, l'honneur vénérable, dont le fantôme, même défiguré, eſt reſté encore ſi reſpectable, ou du moins ſi puiſſant !

Vous n'attendez pas, MESSIEURS, ou plutôt vous ne craignez pas que je rappelle cette multitude d'Exploits guerriers, prodiges de la Chevalerie, en Europe, & dans l'Aſie même où l'Europe ſe trouva tranſplantée à l'époque des Croiſades; émigration qui fut l'ouvrage de la Chevalerie autant que de la Foi ; triomphe de l'une & de l'autre, mais encore plus de la Chevalerie, qui vit des Guerriers Sarraſins, ſaiſis d'enthouſiaſme pour leurs Rivaux, paſſer dans le camp des Croiſés, & ſe faire armer Chevaliers par nos Héros les plus célèbres.

Ce genre particulier d'Hiſtoire que l'on nomme Anecdote, & qui ſe charge de réparer les omiſſions de l'Hiſtoire principale, raconte que tous ces Chevaliers Chrétiens & Sarraſins, rivaux en amour comme en guerre, firent les uns ſur les autres plus d'une eſpèce de conquête : mais ſi ces Hiſtoriens ſont véridiques, ſi les Beautés dont ils parlent ont en effet mérité ces ſoupçons, au moins eſt-il certain que, loin de leur Patrie, entre des Adverſaires ſi formidables, elles n'avoient point à craindre le reproche qu'on leur fit depuis en Europe, celui de préférer les Chevaliers des Tournois aux Chevaliers des Batailles ; mépriſe qui ſurprendroit dans un Sexe, ſi bon juge de la gloire. Mais qui peut croire à cette méprise, & de quel poids doivent être ces vains reproches, & ces plaintes de mécontents, si on leur oppose l'hommage rendu aux Femmes par un Guerrier tel que le grand Duguesclin? Prisonnier des Anglois, & amené devant le fameux Prince Noir son Vainqueur, le Prince le laisse maître de fixer le prix de sa rançon. Le Prisonnier croit se devoir à lui-même l'honneur de la porter à une somme immense. Un mouvement involontaire trahit la surprise du Prince. « Je suis » pauvre, continue le Chevalier; mais apprenez qu'il n'est » point de Femme en France qui refuse de filer une année » entière pour la rançon de Duguesclin ». Telle étoit alors la galanterie Françoise; & cependant, disoit-on, elle étoit déjà bien tombée. La Chevalerie même dégéneroit de jour en jour. Pour la valeur? non. Ce n'est point ainsi que dégénèrent des Chevaliers François. Pour l'amour? oui, si l'infidèle dégénère. Ils n'étoient plus ces temps, où des Héros scrupuleux, timorés, distinguoient l'amour faux, l'amour vrai! l'amour faux, péché mortel, disoient-ils; l'amour vrai, péché véniel. Que sont-ils devenus ces Rigoristes, qui, regardant la Chevalerie comme une espèce de Sacerdoce, se vouoient au célibat, rappeloient sans cesse l'austérité de l'Institution primitive qui défendoit le mariage, & ne permettoit que l'amour? Où étoit-il ce digne Boucicaut, qui n'osoit révéler son amour à sa Dame qu'à la troisième année, qualifioit d'étourdis les audacieux qui s'expliquoient dès la première? Hélas! cette sorte d'étourdis commençoit à devenir bien rare, si l'on en croit M. de Sainte-Palaye, & il faut bien l'en croire. Il avoue, en gémissant, que la licence des mœurs étoit au comble: mais, ce qui l'afflige encore plus, c'est d'entrevoir les reproches bien plus graves que l'on peut faire à l'ancienne Chevalerie. Il convient que, chargée dès sa naissance du principal vice de la féodalité, elle reproduisît bientôt tous les désordres qu'elle avoit réprimés d'abord. Il regrette que ces Chevaliers, si redoutables aux ennemis pendant la guerre, le fussent encore plus aux citoyens, & pendant la guerre, & pendant la paix : il se plaint qu'un préjugé barbare, admis & adopté par les Lois de la Chevalerie, eût semblé ne vouer leurs vertus mêmes qu'au service & à l'usage de leurs seuls égaux, ou de ceux au moins que la naissance approchoit plus près d'eux ; vertus dès-lors presqu'inutiles à la Patrie, & qui se faisoient à elles-mêmes l'injure de borner le plus beau, le plus sacré de tous les Empires. Il voudroit trouver plus souvent dans les ames de ces Guerriers quelques traits de cet héroïsme patriotique, noblement populaire, qui seul purifie, éternise la gloire des Grands Hommes, en la rendant précieuse à tout un Peuple, & fait de leur nom, pendant leur vie, & de leur mémoire, après eux, une richesse publique, & comme un patrimoine national. O Duguesclin ! ce fut ta vraie gloire, ta gloire la plus belle ! O toi ! qui, à ton dernier moment, recommandes le Peuple aux Chefs de ton armée, ah ! qu'un Ennemi, qu'un Anglois vienne déposer sur ton cercueil les clefs d'une Ville que ton nom seul continuoit d'assiéger, qu'il ne veuille les remettre qu'à ce grand nom, &, pour, ainsi dire, à ton ombre, j'admire l'éclat, les talents, la renommée d'un Général habile : mais si j'apprends que ce même Duguesclin, malade & sur son lit de mort, entendit, à travers les gémissements de ses Soldats & des Peuples, retentir dans la Ville ennemie assiégée par lui-même le signal des Prières publiques adressées au Ciel pour sa guérison ; si je vois ensuite la France entière, je dis le Peuple, arrêter de Ville en Ville & suivre, consternée, ce cercueil auguste baigné des larmes du pauvre : . . . votre émotion prononce, MESSIEURS ; elle atteste combien la véritable vertu, l'humanité, laisse encore loin derrière soi tous les triomphes, & que le Ciel n'a mis la vraie gloire que dans l'hommage volontaire de tout un Peuple attendri.

Ne nous plaignons plus, MESSIEURS, après un pareil trait, digne d'honorer les Annales des Grecs & des Romains, ne nous plaignons plus de ne pas rencontrer plus souvent dans notre Histoire des exemples d'un héroïsme si pur & si touchant. Ah ! loin d'en être surpris, admirons plutôt que dans ces temps déplorables de tyrannie & de servitude, toutes deux dégradantes même pour les Maîtres, un Guerrier du quatorzième siècle ait trouvé dans la grandeur de son ame ce sentiment d'humanité universelle, source du bonheur de toute Société. Qui ne s'étonneroit qu'un Soldat, étranger à toute culture de l'esprit, même aux plus foibles notions qui le préparent, ait ainsi devancé le génie de Fénélon, qui, trois siècles après, empruntoit à la Morale ce sentiment d'humanité, pour le transporter dans la Politique, occupée enfin du bonheur des Peuples? Heureux progrès de la Raison perfectionnée, qui, pour diriger avec sagesse ce noble sentiment, lui associe un principe non moins noble, l'amour de l'ordre ; principe seul digne de gouverner des hommes, & si supérieur à cet esprit de Chevalerie qu'on a vainement regretté de nos jours ! Eh ! qui oseroit les comparer, soit dans leur source, soit dans leurs effets ? L'un, l'esprit de Chevalerie, ne portoit ses regards que sur un point de la Société ; l'autre, cet esprit d'ordre & de raison publique, embrasse la Société entière : le premier ne formoit, ne demandoit que des Soldats ; le second sait former des Soldats, des Citoyens, des Magiſtrats, des Légiſlateurs, des Rois : l'un, déployant une énergie impétueuſe, mais inégale, ne remédioit qu'à des abus dont il laiſſoit ſubſiſter les germes ſans ceſſe renaiſſants; l'autre, développant une énergie plus calme, plus lente, mais plus ſûre, extirpe en ſilence la racine de ces abus : le premier, influant ſur les mœurs, demeuroit étranger aux Lois; le ſecond, épurant par degrés les idées & les opinions, influe en même temps, & ſur les Lois, & ſur les mœurs : enfin l'un, ſéparant, diviſant même les Citoyens, diminuoit la force publique; l'autre, les rapprochant, accroît cette force par leur union.

C'eſt cet amour de l'ordre qui, mêlé parmi nous à l'amour naturel des François pour leurs Rois, a produit, &, pour ainſi dire, compoſé ces grandes ames des Turenne, des Montauſier, des Catinat, l'honneur à-la-fois, & de la France, & de l'humanité; caractères impoſants, où reſpire, à travers les mœurs & les idées Françoiſes, je ne ſais quoi d'antique, qui ſemble tranſporter Rome & la Grèce dans le ſein d'une Monarchie. Mêlange heureux de vertus étrangères & nationales qui, ſemblables en quelque ſorte à ces fruits nés de deux arbres différents adoptés l'un par l'autre, réuniſſant la force & la douceur, conſervent les avantages de leur double origine. Que ceux qui regrettent les ſiècles paſſés, cherchent de pareils caractères dans notre ancienne Chevalerie.

Quoi qu'il en ſoit, on convient qu'en général elle jeta dans les ames une énergie nouvelle, moins dure, moins féroce que celle dont l'Europe avoit ſenti les effets à l'époque de Charlemagne. On convient qu'elle marqua d'une empreinte de grandeur impoſante la plupart des événements qui ſuivirent ſa naiſſance; qu'elle forma de grands caractères,

tères, qu'elle prépara même l'adoucissement des mœurs, en portant la générosité dans la guerre, le platonisme dans l'amour, la galanterie dans la férocité : de-là ces contrastes qui nous frappent si vivement aujourd'hui ; qui mêlent & confondent les idées les plus disparates, Dieu & les Dames, le Catéchisme & l'Art d'aimer ; qui placent la licence près de la dévotion, la grandeur d'ame près de la cruauté, le scrupule près du meurtre ; qui excitent à-la-fois l'enthousiasme, l'indignation & le sourire ; qui montrent souvent, dans le même homme, un héros & un insensé, un Soldat, un Anachorète & un Amant ; enfin qui multiplient dans les annales de cette époque, des exploits dignes de la Fable, des vertus, ornements de l'Histoire, & sur-tout les crimes de toutes les deux : mœurs vicieuses, mais piquantes, mais pittoresques ; mœurs féroces, mais fières, mais poëtiques. Aussi l'Europe moderne ne doit-elle qu'à la Chevalerie les deux grands Ouvrages d'imagination qui signalèrent la renaissance des Lettres. Depuis les beaux jours de la Grèce & de Rome, la Poësie fugitive, errante, loin de l'Europe, avoit, comme l'Enchanteresse du Tasse, disparu de son Palais éclipsé : elle attendoit, depuis quinze siècles, que le temps y ramenât des mœurs nouvelles, fécondes en tableaux, en images dignes d'arrêter ses regards ; elle attendoit l'instant, non de la barbarie, non de l'ignorance, mais l'instant qui leur succède, celui de l'erreur, de la crédule erreur, de l'illusion facile qui met entre ses mains le ressort du merveilleux, mobile surnaturel de ses fictions embellies. Ce moment est venu ; les triomphes des Chevaliers ont préparé les siens, leurs mains victorieuses ont de leurs lauriers tressé la couronne qui doit orner sa tête. A leurs voix, accourent de l'Orient les Esprits invisibles, moteurs des Cieux & des Enfers, les Fées, les Génies, désormais ses Ministres: ils accourent, & déposent à ses pieds les talismans divers, les attributs variés, emblêmes ingénieux de leur puissance, de leur puissance soumise à la Poësie, Souveraine légitime des enchantements & des prestiges. Elle règne : quelle foule d'images se pressent, se succèdent sous ses yeux! Ces batailles où triomphent l'impétuosité, la force, le courage, plus que l'ordre & la discipline; ces harangues des Chefs, ces Femmes guerrières; ces dépouilles des vaincus, trophées de la victoire ; ces vœux terribles de l'amitié vengeresse, de l'amitié ; ces Cadavres rendus aux larmes des parents, des amis; ces armes des Chevaliers fameux, objet, après leur mort, de dispute & de rivalité : tout vous rappelle Homère. Et c'est la Patrie de l'Arioste, du Tasse, c'est l'Italie qui a mérité cette gloire; tandis que la France, depuis quatre siècles, languit, foible & malheureuse, sous une autorité incertaine, avilie ou combattue, sans lois, sans mœurs, sans Lettres, ces Lettres tant recommandées par la Chevalerie!.... Ici, MESSIEURS, vous pourriez éprouver quelque surprise; vous pourriez penser, sur la foi d'une opinion trop répandue, qu'il étoit réservé à nos jours de voir la Noblesse Françoise unir les Armes & les Lettres, & associer la Gloire à la Gloire. Cette réunion remonte à l'origine de la Chevalerie; c'étoit le devoir de tout Chevalier, & une suite de la perfection à laquelle étoient appelés ses Prosélytes. Et qui croiroit qu'exigeant la culture de l'esprit, même dans les amusements les plus ordinaires, la Chevalerie n'allioit aux exercices du corps que les jeux qui occupent ou développent l'intelligence, & proscrivoit surtout ces jeux d'où l'esprit s'absente, pour laisser régner le hasard? Quelle est donc l'époque qui devint le terme de cette estime pour les Lettres, & la changea même en mépris? ce fut le moment où les subtilités épineuses de l'école hérissèrent toutes les branches de la Littérature; & vous conviendrez, MESSIEURS, que l'instant du dédain ne pouvoit être mieux choisi. Encore se trouvoit-il plusieurs Chevaliers fervents qui s'élevoient avec force contre cette orgueilleuse négligence des anciennes lois. C'étoit sur-tout un vrai scandale pour le zélé & discret Boucicaut, comme on le voit par le Recueil de ses Vers, Virelais, Ballades, alors chantés par toute la France, auxquels il attachoit un grand prix, & qu'il composoit lui-même. Ainsi, MESSIEURS, lorsqu'avant l'époque où l'on vit tous les genres de gloire environner le Trône de Louis XIV, lorsque François Ier, ce Prince si passionné pour la Chevalerie, ressuscitoit de ses regards la culture des Lettres en France, il renouvelloit seulement l'antique esprit de cette brillante Institution. C'est ainsi que notre auguste Monarque, en condamnant des jeux autrefois interdits, rappelle aux Descendants des anciens Chevaliers une loi respectée par leurs premiers Ancêtres; loi paternelle, inviolable déjà sans doute par la seule sanction du Prince, mais que l'orgueil du Rang protégera peut-être encore. Désobéir, c'est déroger.

Seroit-il possible, MESSIEURS, de voir ces grands noms unis & rapprochés, sans nous rappeler à-la-fois, & les bienfaits de la puissance Royale, & les vertus de notre auguste Monarque? Qu'il soit béni plus encore que célébré, ce Roi qu'il est permis de ne louer que par des faits, seul éloge digne d'un cœur qui rejette tout autre éloge; ce Roi qui efface, autant qu'il est en lui, les vestiges de l'antique opprobre féodal; qui, en rendant la liberté à des hommes, a reconquis des sujets : oui, reconquis; l'esclave est un bien perdu, qui n'appartient à personne! Qu'il soit béni, & par l'infortuné, moins indigent dans l'asile même de l'indigence, & par l'innocent, soustrait à la cruelle méprise des Lois, & par un Peuple qui sait aimer ses Maîtres, le seul peut-être qui les ait constamment chéris, & dont l'amour, justifié maintenant, devança plus d'une fois & leurs bienfaits & leur naissance! A ce mot.... puisse-t'il être un présage!.... Puisse bientôt un Monarque chéri presser entre ses bras paternels le précieux gage de la félicité de nos Neveux! Puisse-t'il verser sur ce Royal Enfant, non moins en Roi qu'en père, les douces larmes de la tendresse & de la joie! Et si j'osois mêler au vœu de la Patrie, non pas l'expression, mais du moins l'accent respectueux de la reconnoissance, j'ajouterois : Puisse le premier sourire d'un fils payer les vertus de son auguste mère!

C'est ici, MESSIEURS, que je voudrois pouvoir terminer ce Discours. Et par où le finir plus convenablement que par l'éloge de la vertu sur le Trône? Mais après avoir exposé les vues principales que rassemblent, ou du moins que font naître les Ouvrages de M. de Sainte-Palaye, il me semble que j'ai presque oublié de louer M. de Sainte-Palaye lui-même. Ce n'est pas lui qu'on aura fait connoître, en ne parlant que de ses livres; & c'est dans son caractère que réside une grande partie de son éloge. Ses mœurs, vous le savez, unissoient à l'aménité de notre siècle la simplicité, la candeur, la naïveté qu'on suppose à nos Pères. Épris de nos anciens Chevaliers, il sembloit avoir emprunté d'eux & adopté, dans les proportions convenables, les qualités qui distinguent en effet plusieurs de ces Guerriers célèbres, honneur, désintéressement, galanterie, loyauté; &, s'il m'eſt permis de pouſſer plus loin le parallèle, on voit par l'étendue de ſes travaux, qu'à l'exemple des anciens Chevaliers, il ne s'effrayoit pas des grandes entrepriſes. C'eſt par cette conſtance & par cette paſſion pour l'étude, qu'il avoit réparé ſi promptement le déſavantage d'une jeuneſſe débile & languiſſante, qu'une ſanté trop foible avoit rendue preſqu'entièrement étrangère aux Lettres. Croira-t'on qu'un homme placé de ſi bonne heure au rang des Savants les plus diſtingués, admis à vingt-ſix ans dans une Compagnie célèbre par l'érudition, ait paſſé les vingt premières années de ſa vie ſous les yeux de ſa mère, partageant auprès d'elle ces occupations faciles qui mêlent l'amuſement au travail des femmes? Peut-être cette ſingularité d'une éducation purement maternelle, bornée pour d'autres à l'époque de la première enfance, & qui ſe prolongea pour lui juſques à la jeuneſſe, fut pour M. de Sainte-Palaye une des ſources de cette douceur inſinuante, de cette indulgence aimable dont le cœur d'une mère eſt ſans doute le plus parfait modèle. Peut-être l'auſtérité précoce d'une éducation trop dure ou moins facile a plus d'une fois reſſerré le germe, ou flétri du moins la fleur d'une ſenſibilité naiſſante. M. de Sainte-Palaye, plus heureux,.... deſtinée unique d'un être né pour le bonheur, qui paſſe, ſans intervalle, de l'aſile maternel ſous la ſauve-garde de l'amitié. Dès ce moment, MESSIEURS, je ne puis que vous rappeler des faits connus de la plupart d'entre vous; & ſi j'oſe vous en occuper, ſi je m'arrête un moment ſur la peinture de cette union fraternelle, c'eſt que le nom ſeul de M. de Sainte-Palaye m'en fait un devoir indiſpenſable: c'eſt l'hommage le plus digne de ſa mémoire; & vous-mêmes vous penſez que le Sanctuaire des Lettres ouvert aux talents, ne s'honore pas moins des vertus qui les embelliſſent.

La tendreſſe des deux frères commença dès leur naiſſance, car ils étoient jumeaux; circonſtance précieuſe, qu'ils rappeloient toujours avec plaiſir. Ce titre de jumeaux leur paroiſſoit le préſent le plus heureux que leur eût fait la Nature, & la portion la plus chère de l'héritage paternel: il avoit le mérite de reculer pour eux l'époque d'une amitié ſi tendre, ou plutôt ils lui devoient le bonheur ineſtimable de ne pouvoir trouver dans leur vie entière un moment où ils ne ſe fuſſent point aimés. M. de Sainte-Palaye n'a fait que ſix Vers dans ſa vie, & c'eſt la traduction d'une Epigramme grecque ſur deux Jumeaux. Le teſtament des deux frères, car ils n'en firent qu'un, & celui qui mourut le premier diſpoſa des biens de l'autre; leur teſtament diſtingua, par un legs conſidérable, deux parentes éloignées qui avoient l'avantage, inappréciable à leurs yeux, d'être ſœurs, & nées, comme eux, au même inſtant. C'eſt avec le même intérêt qu'ils ſe plaiſoient à raconter que, dans leur jeuneſſe, leur parfaite reſſemblance trompoit l'œil même de leurs parents; douce mépriſe, dont les deux frères s'applaudiſſoient. On auroit pu les déſigner dès-lors, comme le fit depuis M. de Voltaire par une alluſion très-heureuſe,

O fratres Helenæ lucida ſydera!

conſécration poëtique qui leur aſſignoit, parmi nous, le rang que tiennent dans la Fable ces deux Jumeaux célèbres, jadis les protecteurs, & maintenant les ſymboles de l'amitié fraternelle. Mais, plus heureux que les frères d'Hélène, privés, par une éternelle ſéparation, du plus grand charme de l'amitié, une même demeure, un même appartement, une même table, les mêmes ſociétés, réunirent conſtamment MM. de la Curne: peines & plaiſirs, ſentiments & penſées, tout leur fut commun, & je m'aperçois que cet éloge ne peut les ſéparer! Et pourquoi m'en ferois-je un devoir? pourquoi M. de la Curne ne feroit-il pas aſſocié à l'éloge de ſon frère? C'étoit lui qui ſecondoit le plus les travaux de M. de Sainte-Palaye, en veillant ſur ſa perſonne, ſur ſes beſoins, ſur ſa ſanté, en ſe chargeant de tous ces ſoins domeſtiques, qu'un ſentiment rend ſi nobles & ſi précieux. Heureux les deux frères ſans doute! mais plus encore celui des deux qui, voué aux Lettres, & plus ſouvent ſolitaire, arraché à ſes Livres par ſon ami, reçoit de l'amitié ſes diſtractions & ſes plaiſirs; qui, tous les jours, épanche dans un commerce chéri les ſentiments de tous les jours; qui ne voit aucun moment de ſa vie tromper les beſoins de ſon cœur; enfin qui n'a jamais connu ce tourment d'une ſenſibilité contrainte, aigrie ou combattue, ce poiſon des ames tendres, qui change en amertume ſecrète la douceur des plus aimables affections! De-là ſans doute dans M. de Sainte-Palaye ce calme intérieur, cette tranquille égalité de ſon ame, qui, manifeſtée dans les traits & dans la ſérénité de ſon viſage, intéreſſoit d'abord en ſa faveur, devenoit en lui une ſorte de ſéduction, & faiſoit de ſon bonheur même un de ſes moyens de plaire. Ainſi s'écouloit cette vie fortunée, ſous les auſpices d'un ſentiment qui, par ſa durée, devint enfin l'objet d'un intérêt général. Combien de fois a-t-on vu les deux frères, ſur-tout dans leur vieilleſſe, paroiſſant aux Aſſemblées publiques, aux Promenades, aux Concerts, attirer tous les regards, l'attention du reſpect, même les applaudiſſements! avec quel plaiſir, avec quel empreſſement on les aidoit à prendre place, on leur montroit, on leur cédoit la plus commode ou la plus diſtinguée! triomphe dont leur cœur jouiſſoit avec délices; triomphe ſi doux à voir, ſi doux à peindre : car, après la vertu, le ſpectacle le plus touchant eſt celui de l'hommage que lui rendent les Hommes aſſemblés; & dans les rencontres ordinaires de la Société, on n'aperçut jamais un des deux frères, ſans croire qu'il cherchoit l'autre. A force de les voir preſque inſéparables, on diſoit, on affirmoit qu'ils ne s'étoient jamais ſéparés, même un ſeul jour. Il falloit bien ajouter au prodige; & leur union étoit miſe, dès leur vivant, au rang de ces amitiés antiques & fameuſes qui paſſionnent les ames ardentes, & dont on ſe permet d'accroître l'intérêt par les embelliſſements de la fiction. Eh! qu'en eſt-il beſoin, lorſqu'ils ſe ſont fait mutuellement tous les ſacrifices, & enfin celui d'un ſentiment qui, pour l'ordinaire, triomphe de tous les autres? M. de la Curne eſt près de ſe marier; M. de Sainte-Palaye ne voit que le bonheur de ſon frère : il s'en applaudit; il eſt heureux; il croit aimer lui-même : mais, la veille du jour fixé pour le mariage, M. de la Curne aperçoit dans les yeux de ſon frère les ſignes d'une douleur inquiète, mêlée de tendreſſe & d'agitation. C'eſt que M. de Sainte-Palaye, au moment de quitter ſon frère, redoutoit pour leur amitié les ſuites de ce nouvel engagement. Il laiſſe entrevoir ſa crainte; elle eſt partagée. Le trouble s'accroît, les larmes coulent. « Non, dit M. de la Curne, je » ne me marierai jamais » : les ſerments furent réciproques; & jamais ils ne ſongèrent à les violer. C'eſt ainſi que M. de Sainte-Palaye vit exécuter, & lui-même exécuta une des loix de la Chevalerie qui lui plaiſoit ſans doute davantage, la fraternité préférée à tout, même au ſervice des Dames.

O charme ſimple & naïf d'une ſcène intérieure & domeſtique! combien d'autres non moins douces, non moins touchantes,

touchantes, oubliées & ensevelies dans le secret de cette heureuse demeure, asile de l'amitié! Pourquoi faut-il que l'âge & le temps lui en offrent de plus affligeantes & de plus douloureuses? Ah! la vieillesse avance; elle amène l'idée d'une séparation, la mort leur est affreuse. Ils frémissent, leurs cœurs se précipitent l'un vers l'autre; ils se serrent, se pressent avec terreur; ils mêlent & confondent leurs pleurs, leurs craintes, dirai-je leurs espérances? Il en est une qu'ils saisissent, qu'ils embrassent avec tendresse: ils sont nés à la même heure; si la même heure, si la mort les unissoit! Cette idée les console, les rassure. Où ils ne voient plus de séparation, la mort a disparu: l'illusion s'achève, ils osent s'en flatter; & dans l'égarement de leur douleur, ils se promettent un miracle, n'en connoissant pas de plus impossible que de vivre séparés. Il approche toutefois, cet instant redoutable; c'est M. de la Curne dont la santé chancelante annonce la fin prochaine. On tremble, on s'attendrit pour M. de Sainte-Palaye; c'est à lui que l'on court, dans le danger de son frère: tous les cœurs sont émus; leurs amis, leurs connoissances, quiconque les a vus, tous en parlent, tous s'en occupent; le feu Roi, car une telle amitié devoit parvenir jusqu'au Trône, montra quelqu'intérêt pour l'infortuné menacé de survivre. C'est lui que plaint sur-tout le mourant lui-même. « Hélas, dit-il, » que deviendra mon frère? je m'étois toujours flatté qu'il » mourroit avant moi ». O regret, peut-être sans exemple! O vœu sublime du sentiment, qui, dans ce partage des douleurs, s'emparoit de la plus amère pour en sauver l'objet de sa tendresse! Vous les avez sus, Messieurs, ces détails que des récits fidelles vous apportoient tous les jours; vous avez frémi sur le sort d'un Vieillard,... j'allois dire abandonné, c'est presque l'épithète de cet âge. Mais non, ses amis se rassemblent, l'environnent, se succèdent; des femmes jeunes, aimables, s'arrachent aux dissipations du monde pour seconder des soins si touchants. Il a vécu pour l'amitié, il est sous la tutèle de tous les cœurs sensibles. Ah! qu'il est doux de voir démentir ces tristes exemples d'un abandon cruel & trop fréquent, ces crimes de la Société qui consternent l'ame, en lui rappelant ses blessures ou lui présageant celles qui l'attendent! Avec quel soulagement, avec quel plaisir le cœur abjure ces pensées austères, ces sombres réflexions qui nous présentent l'Humanité sous un aspect lugubre, qui anticipent sur la mort, en montrant l'Homme isolé dans la foule & séparé de ce qui l'entoure! Un bonheur constant avoit épargné à M. de Sainte-Palaye ces idées affligeantes, & en préserva sa vieillesse. C'étoit le prix de ses vertus, sans doute, mais sur-tout de cette indulgence inépuisable, universelle, qui passoit dans tous ses discours, & que promettoit encore la douceur de son maintien. Né pour aimer, il ne peut haïr, même le vicieux, même le méchant. Ce n'est pour lui qu'un être qui n'est pas son semblable, dont il s'écarte sans colère & presque sans chagrin: douce facilité, qui, sans altérer la pureté de ses mœurs, assuroit à-la-fois & la tranquillité de son ame, & le repos de sa vie, & qui lui épargnant la peine de haïr le vice, épargnoit au vice le soin de se venger. Heureux caractère, qui, à moins d'être l'effort d'une raison mûrie, paisible & calme, après avoir tout jugé, n'est qu'un présent de la Nature, & n'est point la vertu sans doute, mais que la vertu même pourroit envier. C'est cette douceur de M. de Sainte-Palaye, c'est cet intérêt universel, accru par son âge & par son malheur, qui calma la violence de son premier désespoir, qui en modéra les accès, & les changea en une tendre mélancolie qu'il porta jusqu'au tombeau. Hélas ! on s'étonnoit qu'il s'y traînât si lentement : on reprochoit à la Nature de le laisser vivre après son frère. Ah ! c'est qu'il vivoit encore avec lui ; il l'entendoit, il le voyoit sans cesse. Vous en fûtes témoins, MESSIEURS, lorsqu'à l'une de vos Assemblées particulières, chancelant, prêt à tomber, il est secouru par l'un de vous qu'il connoissoit à peine ; c'étoit un de vos choix les plus récents *. « Monsieur, dit le Vieillard, vous avez sûrement un frère » ! Un frère, un secours ! ces deux idées sont pour lui inséparables à jamais. Toutes les autres s'altèrent, s'effacent par degrés ; la douleur, la vieillesse, les infirmités affoiblissent ses organes ; disons tout, sa raison. Mais cette idée chérie survit à sa raison, le suit par-tout, & consacre à vos yeux les tristes débris de lui-même. Il n'est plus qu'une ombre, il aime encore ; & semblable à ces Manes, habitants de l'Elisée, à qui la Fable conservoit & leurs passions & leurs habitudes, il vient à vos Séances, il vous parle de son frère, & vous respectez, dans la dégradation de la Nature, le sentiment dont elle s'honore davantage.

* M. Ducis.

Je m'aperçois, MESSIEURS, que l'intérêt, sans doute inséparable de ce sentiment, m'attire quelque indulgence ; mais où finit cet intérêt, l'indulgence cesse & m'ordonne de m'arrêter. Et que vous dirois-je qui pût soutenir votre attention ? Rappelerois-je quelques traits non moins précieux du caractère de M. de Sainte-Palaye, sa bonté bienfaisante, sa générosité, d'autres vertus ? . . . Ah ! l'amitié les suppose. Les vertus ! c'est son cortége naturel ; & celles qui ne la précèdent pas, la suivent pour l'ordinaire. Qu'importe que j'oublie encore quelques traits intéressans ou curieux de sa vie privée, de ses voyages, les honneurs littéraires qu'il reçut en France & en Italie ? Eh ! que sont, auprès d'un ſentiment, les titres, les honneurs littéraires?... Je ne vous offenſe pas, MESSIEURS; qui d'entre vous, au milieu de ſes travaux, de ſes ſuccès, dans la jouiſſance d'une juſte célébrité, n'a point envié, plus d'une fois peut-être, les douceurs habituelles qu'une telle union répandit ſur une vie ſi longue & ſi heureuſe? Preſtige de la gloire, éclat de la renommée, illuſions ſi brillantes & ſi vaines, ſi recherchées & ſi trompeuſes, auriez-vous rempli ſes jours d'une félicité ſi pure & ſi durable? Ah! l'amitié plus fidelle ne trompa point M. de Sainte-Palaye; elle fut le bonheur de ſa vie entière, & non le menſonge d'un moment. Son ami lui peut échapper, comme tous les biens nous échappent; mais l'amitié lui reſte, & n'accuſe point l'erreur de ſes plaiſirs paſſés. Elle lui coûte des regrets, mais non celui d'avoir vécu pour elle; & ſes regrets encore, mêlés à l'image qui les rend chers à ſon cœur, reçoivent de cette image même le charme ſecret qui les tempère, les adoucit, & les égare en quelque ſorte dans l'attendriſſement des ſouvenirs. Que dis-je? ô conſolation! ô bonheur d'une deſtinée ſi rare! c'eſt l'amitié qui veille encore ſur ſes derniers jours. Il pleure un frère, il eſt vrai, mais il le pleure dans le ſein d'un ami qui partage cette perte, qui la remplace autant qu'il eſt en lui, qui lui prodigue, juſqu'au dernier moment, les ſoins les plus attentifs, les plus tendres; ajoutons, pour flatter ſa mémoire, les plus fraternels. C'eſt parmi vous, MESSIEURS, qu'il devoit ſe trouver, cet ami ſi reſpectable *, ce bienfaiteur de tous les inſtans, qui, chaque jour, & pluſieurs fois chaque jour, abandonne ſes études, ſes plaiſirs, pour aller ſecourir l'enfance de la vieilleſſe. Vos yeux le cherchent, ſon trouble le trahit: nouveau garant de ſa ſenſibilité, nouvel hommage à la mémoire de l'ami qu'il honore & qu'il pleure.

* M. de Bréquigny.

RÉPONSE de M. SÉGUIER, Directeur de l'Académie Françoiſe, au Diſcours de M. DE CHAMFORT.

MONSIEUR,

DEPUIS long-temps on accuſe l'Académie Françoiſe d'être vouée à la louange: ce reproche eſt-il injuſte ou fondé? Ce feroit peut-être la matière d'un long examen; mais cette juſtification feroit encore expoſée à être regardée comme un éloge, & ne feroit qu'aggraver l'imputation que j'aurois voulu détruire. Cependant, puiſque le ſort m'a nommé pour répondre aux témoignages de la vive reconnoiſſance que vous venez de faire éclater, qu'il me ſoit permis de repouſſer l'eſpèce de ridicule que l'envie & la malignité cherchent à répandre ſur la ſolennité de nos adoptions.

Pourquoi cette différence entre l'uſage de cette Compagnie & celui des autres Sociétés Littéraires? Pourquoi ces réceptions décorées d'une ſorte d'appareil? Quel eſt le motif de ces Séances qu'honore en ce moment un Prince, qui, joignant aux vertus guerrières le talent de la parole, ſemble fait pour intimider l'Eloquence même; de ces Séances où s'empreſſent d'aſſiſter ce que la Capitale renferme de plus instruit dans tous les Ordres, les Etrangers les plus distingués, & l'élite même d'un sexe en qui les grâces n'excluent point les lumières, dont la seule présence est un encouragement pour les Lettres, comme elle l'étoit autrefois pour les Armes, & dont le suffrage est d'autant plus flatteur, qu'il est dans notre Siècle des Muses parmi les Femmes, qui, ne se bornant point à un goût stérile pour les Lettres, savent quelquefois les enrichir elles-mêmes, sans afficher la prétention du bel-esprit, & sans encourir le ridicule de la pédanterie ?

C'est à ce Public respectable & choisi que l'Académie se fait un devoir de rendre compte de ses élections ; & quoiqu'il soit censé avoir en quelque sorte prévenu son choix, peut-elle se dispenser de le justifier dans la personne de l'Académicien qu'elle adopte, & dans celle de l'Académicien qu'elle regrette ? Elle cherche à honorer la mémoire de l'un, en retraçant le mérite de ses travaux littéraires, louange non suspecte, puisqu'il n'est plus à portée de l'entendre ; elle rappelle de même les travaux de l'autre, pour l'exciter à de nouveaux efforts, la gloire dont il doit se couvrir un jour, devient alors l'ouvrage de l'Académie & une propriété pour chacun de ses Membres.

Quelle louange d'ailleurs peut être traitée de flatterie, lorsqu'elle sert d'aiguillon non-seulement à ceux qui la méritent, pour la mériter encore à l'avenir, mais même à tous ceux qui auroient l'ambition d'obtenir un jour ces hommages publics rendus au talent couronné, & que justifient l'affluence & l'applaudissement des témoins? Les acclamations qu'excite à son passage celui qui traverse la foule de ses admirateurs, pour venir prendre place parmi nous, ne couvrent-elles pas les vains bourdonnements des détracteurs jaloux, qui voudroient, comme autrefois, dans Rome, insulter au Triomphateur, & à la voix qui se glorifie de l'honorer?

Sans craindre qu'on me soupçonne d'adulation, je commencerai donc par vous, MONSIEUR, à remplir la tâche honorable que l'équité m'impose.

L'Académie, intéressée à sa propre gloire, a reconnu dans une Assemblée particulière vos droits à la place que vous occupez : elle les reconnoît encore aujourd'hui d'une manière plus solennelle, & le concours du Public éclairé qui nous environne, est une confirmation de notre choix. Il se souvient avec plaisir de vous avoir vu au rang des Athlètes que nous couronnons chaque année. Vos premiers essais annoncèrent vos talents; les suffrages qui vous ont décerné une double palme, étoient de notre part une première adoption. Dès l'entrée de la carrière, votre jeunesse s'est distinguée par deux Ouvrages que vos Juges eux-mêmes n'auroient peut-être pas désavoués. C'est dans de pareils Candidats que l'Académie se plaît à envisager d'avance le mérite qui doit un jour réparer ses pertes : les Couronnes qu'elle distribue sont pour elle une espèce d'engagement d'admettre dans son sein ceux qui les ont obtenues; engagement conditionnel néanmoins, & qui n'a de validité qu'autant que la main qui moissonne les Lauriers Académiques, a le courage & la force d'en cueillir de nouveaux. L'Académie reconnoît ses Elèves à ces auréoles de gloire dont leur front est environné : pourroit-elle rejeter en marâtre ceux qu'elle a produits dans le Public par ses suffrages? & si elle paroît négliger un grand nombre de ses enfants adoptifs, ceux qu'elle abandonne n'ont point répondu à l'honneur de ſon adoption : elle les oublie parce qu'ils ſe ſont oubliés eux-mêmes ; c'eſt reculer dans la carrière, que de n'y pas avancer.

Les Ouvrages qui vous ont mérité la double couronne dont les fleurs font partie de celle que vous recevez aujourd'hui, ces Eloges de deux Génies créateurs étoient le fruit d'une méditation profonde, & la juſteſſe de vos réflexions ſuffiſoit ſeule pour donner l'opinion la plus favorable de vos talents. La première idée que le Public conçoit du mérite naiſſant, eſt la baſe de la réputation ; l'édifice s'élève avec plus ou moins de lenteur, mais ſa durée dépend de la ſolidité des fondements, bien plus que de la régularité de l'architecture ou de la beauté des ornements. Que ne deviez-vous donc pas eſpérer de l'accueil flatteur que vous avez reçu de l'Académie & du Public? L'expérience nous apprend que dans un ſiècle de lumières, dans un Pays où l'on peut dire que l'Eſprit eſt une production du ſol, où il abonde de toutes parts, où l'habitude d'en montrer en éclipſe le plus ſouvent l'éclat, ce n'eſt pas un avantage médiocre de ſe donner de bonne heure une célébrité réelle, & de faire diſtinguer ſa fortune au milieu de la richeſſe publique.

Le talent de l'analyſe, un coup-d'œil auſſi juſte que pénétrant, un tact auſſi ſûr que délicat, vous ont fait ſaiſir le caractère du premier de nos Poëtes comiques. Vous avez développé avec une ſagacité peu commune les beautés originales de ce grand Peintre des ridicules & des vices : Homme extraordinaire qui a ſu donner à ſes couleurs de l'éclat & de la vivacité, du mouvement & de la vie pour tous les temps ; qui n'aura jamais rien à redouter des vicissitudes ordinaires chez un Peuple changeant, où il y a tant de goûts fugitifs, tant de modes pour les idées comme pour les vêtements: Esprit inventif & fécond, qui seul a connu l'Art d'attacher également & d'amuser le Spectateur par un fonds de gaieté intarissable, réunie à un but moral, & toujours résultante de l'ordonnance de ses plans; en sorte que par la seule situation où il met ses personnages, les expressions les plus simples deviennent comiques, tout prend la teinture du fonds, & les ris qui ne font que suivre ordinairement les plaisanteries, précèdent le dialogue des Acteurs & commencent à l'ouverture même de la Scène: Génie robuste, qui, au milieu des variations de plus d'un siècle, n'a dû sa consistance inaltérable qu'au soin particulier qu'il a pris de peindre toujours, plutôt la Nature qui reste que le moment qui passe, l'Homme dans ses mœurs plutôt que dans ses manières: Génie inimitable enfin, qui n'a son égal ni dans l'Antiquité, ni dans les Nations étrangères, & dont les desseins sont si corrects & si vrais, qu'on en a peut-être moins approché que des Chef-d'œuvres de nos plus grands Poëtes tragiques.

Si l'Eloge de cet Auteur immortel vous attira dans ce lieu même de si justes applaudissements, vous avez encore renchéri sur ce premier Ouvrage : vous avez obtenu une nouvelle préférence sur vos rivaux, en dressant un piédestal à un autre Génie qui sait créer ce qu'il emprunte, & s'approprier ce qu'il adopte; supérieur peut-être, comme Poëte, aux plus grands Maîtres de l'Art, & qu'on peut ranger dans la classe des Auteurs Dramatiques, puisque ses Apologues sont autant de petites Scènes où la morale mise en action, est toujours revêtue des grâces de la Nature, & animée d'une gaieté, je dirois auſſi ſimple qu'inimitable, ſi je n'apercevois au milieu de nous ſon ſucceſſeur & ſon rival.

Je n'ajouterai rien après vous, MONSIEUR, au portrait de ces deux grands phénomènes de la Littérature Françoiſe; j'obſerverai ſeulement que la ſagacité que vous avez miſe à tracer le caractère de La Fontaine, eſt un objet digne de remarque dans la République des Lettres. Le mérite diſtinctif de cet Auteur eſt dans ſa naïveté: vous l'avez loué d'une manière digne de lui, ſans être la ſienne; & de même que dans la ſcience des mixtes, pour opérer certains effets, on allie ſouvent les contraires, il falloit ſans doute, pour l'analyſer avec ſuccès, une trempe d'eſprit tout-à-fait différente de celle du Fabuliſte François.

Les talents ſéparés de Poëte & d'Orateur ſont deux titres ſuffiſants, chacun en particulier, pour mériter la place où vous venez vous aſſeoir. Mais vous réuniſſez au même degré ces deux mérites; vous avez deux apanages ſur le Parnaſſe, & un double droit aux honneurs que vous recevez. Vous avez embelli du charme d'une verſification facile *la jeune Indienne*. Les applaudiſſements que vous aviez reçus à l'Académie vous ont ſuivi au Théâtre; vous avez fait voir que l'Art de la Scène comique ne vous étoit pas moins familier que la diſcuſſion ſous les traits de l'Eloquence. Dans ce premier drame, vous avez voulu développer les ſentiments d'une jeune ame, que l'ignorance des inſtitutions ſociales laiſſe intacte & dans toute ſa candeur, qui ne ſuit que l'impulſion de ſa penſée, qui ne connoît point de vertus locales, & n'a pour loi & pour règle que les lumières naturelles, ou un inſtinct peut-être auſſi ſûr que la raiſon. Ce tableau avoit déja été préſenté au Théâtre François dans l'*Isle déserte*; mais vos pinceaux l'ont rajeuni, & un succès devenoit difficile après un autre.

Par un contraste sans doute réfléchi, vous avez offert au Public, dans *le Marchand de Smyrne*, l'image piquante d'une traite d'Esclaves; échange aussi odieux pour un François que le mot d'esclavage paroît dûr à son oreille; mais le génie de la Nation, qui fait tout égayer, vous a heureusement inspiré. L'aménité qui vous est naturelle, a semé ce petit Ouvrage de plusieurs traits de galanterie, faits pour adoucir ce qu'il y avoit de révoltant dans ce sujet pour des hommes libres, & en qui l'obéissance même porte le caractère de la liberté.

Le brodequin de Thalie ne suffisoit pas à votre ambition; vous avez encore essayé de chausser le cothurne de Melpomène, & les premiers applaudissements étoient dus au choix du sujet. L'amitié, si rare entre les hommes du même rang, plus rare encore entre un Prince & un Sujet, incompréhensible sur-tout au milieu du despotisme Asiatique, entre deux Princes qui ont un droit égal à la Couronne, l'amitié, ce sentiment si doux, si naturel, si oublié, l'amitié entre les deux fils d'un Sultan, l'amitié dans le Serrail, voilà le sentiment que vous avez présenté sur la Scène. C'étoit sous des noms empruntés rendre un juste hommage à l'union intime qu'on voit régner entre notre jeune Monarque & ses augustes Frères. L'allusion a été saisie; deux frères qui veulent se sacrifier l'un pour l'autre, qui se sacrifient l'un à l'autre, ce combat généreux & touchant étoit fait pour arracher des larmes, & pour intéresser les ames les moins sensibles.

Cette amitié fraternelle que vous avez peinte dans le

cours de votre Tragédie, nous rappelle ici bien naturellement l'amitié que M. de Sainte-Palaye portoit à son frère, sentiment délicieux pour les cœurs qui savent en jouir, & qui doit être le premier trait de son éloge. Jamais on ne poussa plus loin cette affection, qui, à la honte de l'humanité, n'est pas universelle, tant la Nature & l'intérêt sont souvent en concurrence, & l'une presque toujours indignement sacrifiée à l'autre. M. de la Curne rendoit à son frère ce sentiment dans toute sa force: mais quoique partagé, il n'en resta pas moins tout entier aux deux frères; ils furent si unis, qu'il faudroit les confondre dans cette partie de leur éloge. L'un étoit l'autre, ils n'avoient qu'une même ame.

La Nature en les formant ensemble dans le même sein, en les faisant naître au même instant, sembla vouloir doubler entr'eux la fraternité; ils s'aimoient par cette douce sympathie si naturelle à deux êtres qui entrent & marchent d'un pas égal dans le chemin de la vie, qui accumulent sur leurs têtes le même nombre d'années, qui ne changent point à leurs yeux parce qu'ils changent ensemble, parce que la main du Temps n'imprime sur leurs fronts que les mêmes traces, & que leurs existences sont, pour ainsi dire, parallèles. Mais cette ressemblance jusques dans les traits du visage, qui formoit peu de différence entre les frères dans leur enfance lorsqu'on les voyoit ensemble, & qui les faisoit confondre si-tôt qu'on les séparoit, cette conformité physique ne suppose pas toujours une conformité morale. Autrement, quel mérite auroient-ils à se chérir? Leur tendresse ne seroit peut-être que de l'amour-propre; elle seroit plutôt personnelle que réciproque; ils s'aimeroient

eux-mêmes

eux-mêmes dans chacun d'eux, & la néceſſité de leur union en diminueroit le prix, puiſqu'elle en ôteroit la moralité.

M. de Sainte-Palaye & ſon frère différoient abſolument de caractères & de goûts, & néanmoins ils s'aimèrent d'une amitié dont les ſacrifices ont été juſqu'à l'héroïſme. Si M. de Sainte-Palaye ſurvécut au compagnon de ſa naiſſance, on peut dire que ſes regrets l'avoient d'avance rejoint à un frère qu'il a chéri juſqu'au tombeau. Depuis cette ſéparation fatale qu'ils avoient anticipée par la crainte mutuelle de ſe ſurvivre l'un à l'autre, M. de Sainte-Palaye n'a fait que traîner ſes dernières années dans une langueur qui tenoit plus de l'anéantiſſement que de la vie. Son corps habitoit encore ſur la terre, ſon ame erroit autour de la tombe de cette moitié de lui-même qui ne pouvoit entretenir l'exiſtence de l'autre. Heureux encore dans cet état intermédiaire entre la vie & la mort, trop heureux de n'avoir point eu à ſe plaindre d'être reſté ſeul avec lui-même ! L'amitié devoit un prodige à M. de Sainte-Palaye, elle le fit, &, pour le dédommager de ſa perte, elle lui avoit ménagé d'avance un ſecond frère dans un ami commun. Ce Vieillard épuiſé retrouva dans les ſoins de cet ami véritable, dans ſa complaiſance, dans ſon aſſiduité, tout ce qu'il étoit en droit d'attendre de l'autre lui-même qui n'exiſtoit plus. M. de Sainte-Palaye avoit reçu les derniers ſoupirs de ce frère ſi tendrement chéri ; il devoit lui-même expirer entre les bras de l'amitié : elle eut la conſolation de lui fermer les yeux. O amitié ſainte ! tu n'habites que dans les cœurs vertueux !

Cet héroïſme de la tendreſſe fraternelle, qu'on admiroit

dans M. de Sainte-Palaye, devoit naturellement tourner ſon eſprit vers des occupations auſſi nobles que déſintéreſſées. Il employa le plus grand nombre de ſes veilles à élever l'ame de ſes Concitoyens; il fit les recherches les plus profondes ſur la Chevalerie : il enrichit de ſes réflexions le Catéchiſme de l'Honneur, genre de travail auſſi élevé que précieux, qui décèle la nobleſſe de ſon ame & donne la meſure de ſa vertu.

On ne peut ſe diſſimuler que l'eſprit de Chevalerie ne tînt à l'héroïſme, & qu'il n'ait été la ſource d'une foule de grandes actions. Ce reſpect pour le Sexe, cette fidélité à l'épreuve du temps, cette obligation ſacrée de ne jamais manquer à ſa parole, ces exploits, ces entrepriſes hardies ſoutenues des regards de la Beauté dont on avoit fait choix, ces cirques de la France, auſſi pompeux, mais moins barbares que ceux de l'ancienne Rome, ces tournois ſolennels, où l'adreſſe & la force, heureuſement combinées, attachoient tous les yeux d'une Cour brillante & nombreuſe, les dangers qui accompagnoient ces défis, images de combats plus meurtriers, ces Héros armés Chevaliers par leurs Souverains, ces Souverains armés eux-mêmes quelquefois par un ſimple Chevalier, ces Héroïnes, dont la main délicate ceignoit l'épée au nouveau Chevalier, cette parité de priviléges entre les Belles & les Rois, ces Guerriers qui, loin de s'amollir au milieu des fêtes & dans le ſein des plaiſirs, puiſoient dans les yeux de la Beauté le courage & l'eſpérance de revenir vainqueurs, ce gage de bataille enfin qui étoit toujours celui de l'honneur, & qu'on ne relevoit jamais impunément, quels ſpectacles étoient plus faits pour élever l'ame des Citoyens témoins de ces ſcènes nationales

& de ces joûtes militaires, où l'Etat Monarchique sembloit atteindre jusqu'aux vertus des anciennes Républiques ?

Lacédémone, malgré la rudesse de ses mœurs, n'offrit-elle pas le même spectacle à la Grèce ? La Spartiate austère attachoit elle-même le glaive de son fils ; elle le couvroit de sa cuirasse, elle l'armoit de son bouclier ; & après l'avoir embrassé avec tendresse, mais avec courage, elle exigeoit, ou qu'il revînt couronné de lauriers, ou qu'on le rapportât mort sur ce même bouclier qui devoit lui servir de premier cercueil. Les femmes avoient dans Sparte, comme mères, le même empire qu'elles ont exercé comme amantes dans nos temps héroïques. Toutefois, s'il y avoit quelque préférence à donner à un temps sur un autre, j'en atteste ici toute la Noblesse Françoise, ne seroit-elle pas dûe aux siècles de Chevalerie ? Eh ! quel respect que celui que nos Ancêtres portoient à des femmes qui n'avoient que la qualité d'amantes sans en avoir les foiblesses ! respect moins naturel, moins sacré sans doute que celui qu'inspire la maternité, mais plus méritoire, plus sublime peut-être dans ses effets, en ce qu'il étoit la source d'une obéissance volontaire, & le principe de l'honneur qui sera toujours l'idole de la Nation.

Pourquoi faut-il que cet esprit se soit affoibli au point où il paroît l'être aujourd'hui ? Seroit-il donc vrai que les François se fussent trop détachés d'un sentiment dont l'excès même avoit quelque chose de louable ? seroit-il vrai qu'ils se fussent jetés dans l'extrémité contraire ; qu'ils eussent abandonné toutes les décences, & que, prostituant leurs affections à des objets indignes de leurs sentiments, oubliant ce qu'ils se doivent à eux-mêmes & ce qu'ils doivent aux femmes, contents de leur rendre quelques soins frivoles en ſe diſpenſant des égards les plus eſſentiels, ils ſe fuſſent accoutumés à n'eſtimer dans leur conquête que la ſatisfaction d'un vil égoïſme, & à ſe faire gloire de les rendre tour-à-tour les jouets de leur vanité, les dupes de leurs artifices & les victimes de leur indiſcrétion ?

C'eſt à cet oubli des bienſéances, à cette dégradation des ames, à cette corruption de mœurs que M. de Sainte-Palaye oppoſoit une réclamation auſſi éclatante que le déſordre ; & il ſe flattoit de réuſſir en retraçant à un Peuple généreux l'image des temps de la Chevalerie, tournés en ridicule par le célèbre Roman de Michel Cervantes, & qui avoient beſoin qu'une plume ſage & citoyenne élevât un Code d'Honneur, pour ſervir de contre-poids aux ſaillies & au caractère agréable, mais dangereux, de l'Ouvrage Eſpagnol ; entrepriſe difficile, quand les eſprits ſont pouſſés dans une autre route. Les hommes ne ſont que trop ſujets à confondre la nature des choſes avec l'abus qu'on en fait, comme ſi la rouille qui s'attache au métal étoit le métal même. Ils proſcrivent ſans réflexion & ſans retour les uſages les plus louables, quand les bizarreries qui y étoient mêlées ont donné priſe au ridicule ; & ſa puiſſance eſt aſſez forte pour dénaturer juſqu'au ſentiment.

M. de Sainte-Palaye uniſſoit un cœur droit & ſenſible à une imagination vive & ardente ; ces deux qualités influoient tour-à-tour ſur ſes idées comme ſur ſes ſentiments. Pourroit-on s'étonner de la prédilection qu'il a toujours marquée pour la Chevalerie ? Semblable à ces végétaux tranſportés des pays lointains, qui ſe naturaliſent avec peine dans nos climats, & finiſſent par prendre la ſaveur du ſol où ils ſont tranſplantés, ce goût s'étoit formé inſenſiblement; il étoit devenu comme naturel en lui par l'habitude d'avoir continuellement sous les yeux les hauts faits d'armes, les actions éclatantes, les prodiges de valeur & de générosité des plus grands Hommes. Livré dès son jeune âge à l'étude particulière de l'Histoire de France, il en avoit approfondi tous les détails; & dans la chaleur de son premier projet, il avoit osé concevoir le plan le plus étendu: Géographie, Chronologie, Généalogies, Antiquités, Mœurs, Usages, Législation, il avoit embrassé tous ces objets, qui, pris chacun séparément, semblent exiger un esprit différent, une méthode particulière, & souvent un genre de travail absolument contraire. C'est en réunissant tous les matériaux nécessaires pour élever ce Colosse d'érudition, c'est en rapprochant tout ce qu'il trouvoit de plus précieux, soit dans les Historiens, soit dans les anciennes Poësies Françoises, soit dans les Ouvrages des Troubadours, qu'il prit une espèce d'enthousiasme pour nos anciens Chevaliers. Il devoit cependant y avoir un Ouvrage préliminaire de tout ce qu'il avoit projeté; l'Histoire de la Chevalerie devoit être précédée du Glossaire complet de l'ancienne Langue Françoise depuis son origine: Ouvrage immense, qui demandoit, pour être achevé, plutôt la durée des siècles qu'il renferme, que le court espace de la vie d'un seul homme, quelque laborieux qu'il puisse être. M. de Sainte-Palaye, endurci au travail par l'excès même du travail, entreprit courageusement un Recueil aussi désiré pour son importance qu'effrayant par son étendue, & auquel il ne pouvoit pas se flatter de mettre la dernière main.

L'amour de l'étude étoit héréditaire dans sa famille, il y étoit invinciblement appelé par une heureuse filiation,

S'il honora les Lettres par ſes veilles, combien ne les honora-t'il pas encore plus par ſes mœurs! Il avoit vécu, par ſes recherches, avec nos anciens Chevaliers; il en eut la franchiſe & la loyauté, la nobleſſe & la galanterie, la douceur & la ſenſibilité. A leur exemple, ſa vie entière fut un dévouement continuel à ſa Patrie: comme eux, il ſervit l'Humanité; comme eux, il tenta, dans un genre plus paiſible, les entrepriſes les plus difficiles. Il fit conſiſter l'honneur à faire le bien, & compta pour rien la fortune; il crut même devoir le ſacrifice d'une partie de la ſienne aux dépenſes que ſes travaux littéraires exigeoient: mais ce fut un échange glorieux; ce qu'il avoit ſacrifié de richeſſe, le Public le lui rendit en eſtime & en conſidération.

La fonction dont je viens de m'acquitter ici, MONSIEUR, étoit ſubordonnée à la vôtre. Vous avez pris la fleur du ſujet, en parlant le premier de M. de Sainte-Palaye; je ne pouvois guères intéreſſer qu'en parlant de vous, en faiſant valoir vos titres, en réparant les torts de votre modeſtie. Paſſer de votre éloge à celui de votre prédéceſſeur, c'étoit refroidir les attentions; je ne pouvois que répéter ce que vous aviez dit avant moi & mieux que moi. Les formes ne ſuffiſent pas pour varier le fond, & l'avantage doit néceſſairement vous reſter: mais j'oſe me flatter d'avoir répondu aux vœux de la Compagnie au nom de laquelle je me ſuis expliqué. On ne m'accuſera pas d'avoir prodigué l'encens. Nous n'avons point à juger nos Confrères comme l'Egypte jugeoit ſes Rois après leur trépas; nous n'avons que des fleurs à répandre ſur leur tombeau. M. de Sainte-Palaye avoit été d'avance jugé digne de faire la gloire de la Compagnie dont il emporte les regrets: il les mérite par ſa ſimplicité, ſa candeur, ſa modeſtie & ſon érudition; le Public lui-même les partage avec nous. La Poſtérité retrouvera ſes mœurs & ſes goûts, ſa nobleſſe & ſon déſintéreſſement, ſon ame enfin & tout ſon eſprit, dans ces Collections immenſes que la ſageſſe du Gouvernement a revendiquées, & dans ſes Ecrits multipliés qui ne reſpirent que le patriotiſme.

Le Favori de Mécène ſe vantoit de ne pas mourir tout entier; il annonçoit à ſes contemporainsque la plus précieuſe partie de lui-même échapperoit au ciſeau de la Parque *. Ce que le Poëte Romain ſe diſoit à lui-même, dans un de ces élans de l'amour-propre poëtique, juſtifié depuis par l'admiration de tous les ſiècles, l'Académie, ſans crainte d'être déſavouée, le répète par ma bouche à l'illuſtre Confrère qu'elle a perdu. Mais les Ouvrages de M. de Sainte-Palaye, bien mieux que mes éloges, feront revivre ſa mémoire, & ſon nom ſubſiſtera autant que la Langue qu'il a fait ſortir des ténèbres de ſa première origine.

* *Non omnis moriar, multaque pars mei vetabit Libitinam.* Hor.

www.ingramcontent.com/pod-product-compliance
Ingram Content Group UK Ltd.
Pitfield, Milton Keynes, MK11 3LW, UK
UKHW022148170726
13837UKWH00004B/1858

9 782329 152479